CB017808

Gustavo Coelho Moretzsohn

O PEQUENO DEUS REI

Copyright © 2022 by Editora Letramento
Copyright © 2022 by Gustavo Coelho Moretzsohn

Diretor Editorial | Gustavo Abreu
Diretor Administrativo | Júnior Gaudereto
Diretor Financeiro | Cláudio Macedo
Logística | Daniel Abreu
Comunicação e Marketing | Carol Pires
Assistente Editorial | Matteos Moreno e Maria Eduarda Paixão
Designer Editorial | Gustavo Zeferino e Luís Otávio Ferreira

Todos os direitos reservados. Não é permitida a reprodução desta obra sem aprovação do Grupo Editorial Letramento.

Dados Internacionais de Catalogação na Publicação (CIP) de acordo com ISBD

M845p Moretzsohn, Gustavo Coelho

O pequeno deus rei / Gustavo Coelho Moretzsohn. - Belo Horizonte, MG : Letramento, 2022.
98 p. ; 14cm x 21cm.

ISBN: 978-65-5932-237-4

1. Literatura brasileira. I. Título.

2022-3794 CDD 869.8992
CDU 821.134.3(81)

Elaborado por Odilio Hilario Moreira Junior - CRB-8/9949

Índice para catálogo sistemático:
1. Literatura brasileira 869.8992
2. Literatura brasileira 821.134.3(81)

Rua Magnólia, 1086 | Bairro Caiçara
Belo Horizonte, Minas Gerais | CEP 30770-020
Telefone 31 3327-5771

editoraletramento.com.br • contato@editoraletramento.com.br • editoracasadodireito.com

Sumário

INTROITO

Estou aqui tentando me lembrar quando foi que esta estória apareceu para mim. Eu simplesmente não consigo me lembrar. Sei que um belo dia ela apareceu inteira nos meus pensamentos. Como um bloco mágico, em todos os seus detalhes. Como um *insight* cósmico. Seus mínimos detalhes dançavam dentro da minha cabeça. Demorou um tempo para que eu encarasse de frente a árdua função de escrevê-la.

Talvez por um medo inexplicável de não conseguir mostrá-la em sua integridade. Talvez por um medo de achar que, ao materializá-la, poderia estar acabando com o algo de místico que há nela. Ou por um simples receio natural artístico de não conseguir reproduzi-la em toda sua complexidade.

Mas, quanto mais queria fugir, mais eu me aproximava da escrita. Como se o próprio Universo me cobrasse isso. Como se a própria parte Divina que trago em mim cobrasse do resto da minha humanidade o fim do gesto egoísta de guardar esta estória só para mim.

Então, escrevo movido por esse impulso inexplicável. Escrevo como se o tempo parasse por ter esperado tanto. Como se algo, que já está pronto em algum lugar, esteja apenas me esperando. Como se toda a minha vida fosse preparada para que eu chegasse até aqui.

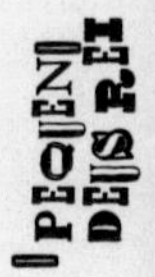

Transformar um sentimento em narrativa dramática é o maior desafio. Espero que, ao final deste livro, vocês também sintam o delicioso arrebatamento que eu senti no momento em que esta estória apareceu para mim.

capítulo 1.

ABDUZIDO

Ele caminha em direção à sua universidade. É bem cedo. Poucas pessoas na rua. A vida vai acordando lentamente. Ele pega um atalho, como sempre faz, por uma parte de floresta que existe perto do lugar onde mora.

Dele sabemos muito pouco. Apenas que é um jovem como os milhares de jovens que existem em seu país, com os mesmos dilemas e questões típicas da sua pouca idade. Sonhou, como tantos, ser jogador profissional de futebol. Com o passar do tempo, conformou-se em ser destaque nas peladas que jogava nas horas vagas da universidade.

Mas na universidade, hoje, diferente da maioria dos seus dias, não vai ter futebol. Ao menos para ele.

Uma luz meio alaranjada, repentina, que descia do céu, chamou sua atenção. Achou bem estranho. E começou a achar mais estranho ainda, ao perceber que a tal luz parecia estar descendo em sua direção. Não teve tempo de constatar que estava com a razão. A luz o alcançou e ele foi içado em direção ao céu. Na verdade, ultrapassou o céu. Aquele tubo de luz alaranjada o levou a bordo de uma espaçonave que flutuava em algum lugar do tranquilo espaço sideral.

Dentro da espaçonave, foi deitado em uma maca e máquinas passaram a estudá-lo minuciosamente. Alguns espasmos de consciência lhe permitiam ver *flashes* do que estava acon-

tecendo. Após o estudo, as máquinas o colocaram em uma cápsula, que começou a ser preenchida com um líquido pegajoso. Nesse momento, teve certeza de que morreria afogado.

Quando a cápsula foi totalmente preenchida, ele pôde perceber que, mesmo debaixo daquela estranha água, continuava conseguindo respirar. Até que apagou novamente. A partir daí, sua lembrança sobre esse raro acontecimento humano da abdução por seres extraterrestres foi programada por eles para ser definitivamente apagada.

As máquinas definiram a rota: de volta à Terra. Ligaram o circuito que acionava o tubo de energia de luz alaranjada que deu início ao processo de devolvê-lo para o mesmo lugar de onde fora abduzido.

O que nem mesmo as máquinas mais avançadas puderam prever foi que, em determinado momento de sua viagem de volta, um pequeno e imperceptível planeta entraria exatamente na trajetória da cápsula.

E foi nesse pequeno planeta, e não na Terra, que foi parar nosso viajante interplanetário.

capítulo 2.

A MAIS BELA ESTÓRIA DE AMOR

A jovem Julieta acordou sobressaltada. Num rompante, levantou e começou a vestir sua bela túnica branca. Olhou para Romeu que, mesmo dormindo, ainda demonstrava um ligeiro sorriso no canto da boca. Ela riu e o cutucou com os pés. Romeu resmungou alguma coisa e se virou de lado, resistindo a acordar. Julieta insistiu, agachou-se e agora o chacoalha com mais veemência: "Romeu, acorda! Não falei que iríamos nos atrasar de novo? Vamos tomar aquela reprimenda!". Ele finalmente abre os olhos e lhe dá um sorriso. Julieta levanta e procura algo à sua volta, mas não consegue achar.

O jardim, composto de centenas de plantas e flores de cores e texturas inimagináveis, fazia com que qualquer objeto desaparecesse quando misturado àquela natureza multicolorida.

"Me ajuda a procurar minha sandália!", insiste Julieta. Romeu se espreguiça e tira as sandálias debaixo de sua cabeça, onde estavam servindo de travesseiro. Entrega para Julieta

e recebe em troca aquele olhar que o deixava encantado. Ele sorri e lhe dá um beijo. Ao sair do beijo, percebe no rosto de Julieta uma reação extasiada.

Romeu percebe que aquela reação não pode ser só ao seu beijo. Ele se vira e vê o *flash* alaranjado que rasga ao meio o azul do céu e explode, exalando um brilho intenso quando alcança o chão.

capítulo 3.

O PLANETA IDEAL

Aquele planeta minúsculo definitivamente se parecia com a Terra. Até mesmo a evolução dos seres vivos era parecida com a da Terra, com os humanos no topo da cadeia alimentar. Mas, enquanto o progresso material ainda engatinhava, o espiritual voava. Vivia-se de maneira muito simples, mas muito organizada, justa e pacífica.

Havia uma única cidade. Nessa cidade, conviviam harmoniosamente algumas centenas de famílias. E talvez não houvesse mesmo espaço para outras cidades. Metade do planeta ainda era inacessível por conta do mar, que seus habitantes acreditavam ser o fim daquele mundo.

Sim. Acreditavam que o planeta era plano. Uma massa de terra sustentada por pilares equilibrados entre as águas de cima e as águas de baixo, sob uma cúpula celeste.

Receosos pela possível futura falta de espaço, eles cuidavam de forma sóbria e meticulosa de sua reprodução. Tinham o amor e o planeta como a maior expressão de Deus. Tanto o amor quanto Deus eram imanentes. Só podiam ser encontrados dentro de cada um. Ou no Todo.

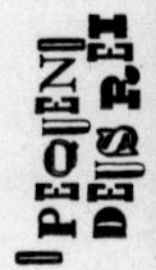

Definitivamente não dissociavam o amor do sexo. E nem passava pela cabeça de ninguém transformar algo divino, que lhes garantia a continuidade da espécie, em um produto descartável que pudesse vir a ser um dia comercializável.

Sabiam que antes deles existiram alguns bichos maiores, por conta das imensas ossadas achadas em escavações. Mas não acreditavam que esses bichos haviam sido extintos por um desastre natural, como a queda de um meteoro.

Acreditavam que o próprio planeta os havia extinguido para usar a energia vital deles para criar outras espécies mais funcionais, repetindo um padrão de processo evolutivo de que o próprio planeta, como um organismo vivo, ativamente participava. A raça similar à humana, mas muito mais rica em diversidades físicas e idiossincrasias, era a atual e última forma de esse Deus se reconhecer. Mas sabiam que viriam outras.

Todas as formas naturais de manifestação da natureza também eram consideradas pequenas divindades. Chuva, sol, estrelas, vento... Eram reverenciadas sendo chamadas pelos seus próprios nomes e sem nenhuma forma de culto ou sacrifício. Os Deuses apenas eram.

Mas eles tinham uma espécie de paraíso, um planeta no céu, onde estariam guardadas as ideias perfeitas. Acreditavam que, um dia, algo tornaria possível sua chegada até lá. Por enquanto, se contentavam em vê-lo passando, ao anoitecer, sobre suas cabeças.

capítulo 4.

NÃO IMPORTA A QUEDA, MAS A ATERRISSAGEM

Naquele dia, como de costume, todos estavam reunidos naquele platô natural, no alto de um monte, onde foi construída uma grande praça, conhecida como Ágora. Religiosamente, todos se encontravam nela para discutir os problemas e apontar soluções para a pequena cidade.

Não existia o político como profissão. Ao contrário, todos tinham o direito de participar da administração do bem público. De tempos em tempos, a própria população indicava alguns cidadãos que teriam a honra de conduzir as votações, receber as demandas e pôr em prática as soluções. Faziam isso por um tempo determinado. Logo depois voltavam a seus trabalhos, sendo então substituídos por outros.

Naquele planeta, era uma verdadeira honra a indicação para ser político, embora ninguém fizesse nenhum tipo de campanha para isso. Lá, quem trabalhava em prol de todos tinha direito a ter as coisas. Quem não trabalhava vivia da cari-

dade dos amigos e familiares ou se isolava na beira da floresta e de lá tirava sua subsistência. Na Ágora havia um espaço em que foi feita uma pequena elevação. Quem pedia a palavra lá subia para expor seu ponto de vista. Em sua frente, um aglomerado de pessoas prestava atenção ao que estava sendo dito. Na lateral, havia uma gigantesca arquibancada sempre lotada de pessoas ávidas por chegar a hora de se manifestarem, levantando os braços quando eram a favor do que estava sendo posto em votação. Quem naquele momento fazia o uso da palavra era Sócrates, homem de idade avançada considerado por muitos o mais sábio entre eles. Naquele exato momento, Sócrates estava tentando dirimir uma pequena querela filosófica que havia surgido entre Aristóteles e Platão. Dois dos mais respeitados cidadãos daquela pequena cidade: "Pelo que estou entendendo, Aristóteles acha que a base das coisas é a experiência", disse Sócrates. Aristóteles levanta e fala: "Isso! Me parece que nada existe em nossa inteligência que não tenha passado por nossa_experiência", e volta a sentar.

Sócrates continua: "Platão está afirmando que todos somos capazes de saber das coisas antes, pois somos capazes de acessar com nossa inteligência o mundo das ideias perfeitas?". Platão apenas assente com a cabeça, enquanto Sócrates retoma: "Agora, penso eu... Será que não pode a experiência vir da contemplação, assim como não pode a contemplação também nos fazer adquirir experiência? Não seriam as duas teses dois lados de uma mesma moeda? Não seria possível que os dois estejam com a razão, e o segredo da existência esteja justamente na capacidade que nós temos de fazer coexistir pacificamente as duas opiniões?". Início de burburinho.

Sócrates faz um sinal com as duas mãos e volta a falar: "O que posso afirmar, sem medo de estar equivocado, é que a união é capaz de causar uma transformação no conhecimento... E que talvez seja o diálogo a forma mais prodigiosa de se alcançar o bem comum. A única luta que devemos travar é aquela que acontece dentro da nossa cabeça, contra os maus pensamentos, pois eles nos escapam e formam a tristeza em nossa realidade material. Enquanto o conhecimento... este nasce mesmo das ideias que se contradizem! Nisso, Platão e Aristóteles estão cobertos de razão". Risos.

Platão e Aristóteles riem e se cumprimentam de forma generosa. A multidão aplaude acaloradamente e Sócrates continua seu discurso: "Quando voltamos nosso pensamento para o bem e guiamos nossas ações de acordo com a lei moral presente em cada um de nós, ficamos mais fortes. Quando levamos a sério o exercício de nossas virtudes e combatemos com afinco o desejo estéril dos vícios, conseguimos controlar nosso destino...".

Na medida em que Sócrates vai terminando sua fala, percebe que algumas pessoas já não mais prestam atenção nele e começam a olhar para cima. Sócrates estranha, mas segue falando: "Portanto, concluo, dizendo que a glória e a tragédia da nossa sociedade são uma conquista e uma responsabilidade exclusivamente de todos".

Ele é interrompido por uma explosão de brilho intenso. Demora até todos se recuperarem e perceberem que a explosão deixou alguma coisa deitada no chão.

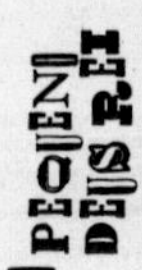

capítulo 5.

QUEM VEM DO CÉU É DEUS

Ele demorou para abrir os olhos. E, mesmo quando o fez, demorou a entender o que via. Algumas imagens disformes, embaçadas, brancas. Conseguia identificar um pouco do marrom misturado com um estranho azul que pareciam ser árvores balançando ao sabor do vento, com suas folhas caindo em forma de gotas robustas. Parecia que chovia. Mas ele não sentia.

Via nuvens brancas que se mexiam perto do chão. Conseguia ouvir algum barulho. Ainda não sabia quem era nem o que estava fazendo ali. Aliás, ainda não tinha nem descoberto o que era ali. Não entendia por que seu corpo e sua cabeça doíam tanto, como se tivesse sido atropelado por um caminhão.

Sentia o corpo todo molhado. Logo pensou ser sangue. Ou aquela estranha chuva. Mas, quando passou a mão em si mesmo, não havia uma única gota, nem de sangue nem de água. Mas ainda se sentia molhado. Estava confuso.

Tentou vasculhar novamente os pensamentos em sua cabeça. De novo, nada vinha. Decidiu tentar se levantar. Fez uma força imensa para conseguir mover algum membro. Viu que seus movimentos coincidiam com o movimento das nuvens brancas. Quando conseguiu finalmente ficar em pé, esfregou os olhos e firmou a visão.

O susto que tomou, ao reconhecer o que eram aquelas nuvens brancas, fez suas pernas bambearem e ele voltou a cair. Ao menos agora sabia que não eram nuvens. Fechou os olhos e beliscou os braços, para ter certeza de que não estava sonhando. Criou coragem e levantou. E agora via com clareza centenas de pessoas vestidas de branco se abaixarem diante dele, em sinal de reverência. Foi o suficiente para desmaiar e desabar outra vez.

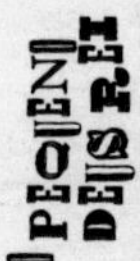

capítulo 6.

QUEM É REI, NÃO PERDE A DIVINDADE.

Ele abriu os olhos lentamente. Viu uma jovem linda limpando sua testa. Logo voltou a dormir. Em seguida, tentou mais uma vez acordar e conseguiu ver a mesma jovem tentando fazê-lo comer. O tempo durante o qual ficou consciente foi o suficiente para reparar na beleza indescritível da moça e manter-se vivo. Novamente voltou a dormir... Depois de mais um longo período acordou e finalmente sentiu a normalidade retomar seu corpo. Conseguiu, finalmente, mexer suas mãos e as pontas dos seus pés.

Recobrou a consciência e lembrou da jovem que dele cuidava, mas constatou que naquele momento estava sozinho. Olhou em volta e tentou identificar onde estava. A princípio não fazia a menor ideia. Não se lembrava de nada. Também não sabia como tinha chegado naquele quarto branco, muito bonito, mas com uma aparência estranha. Uma arquitetura antiga. Pinturas, estátuas e pilastras que tinha a sensação de que conhecia. Mas não lembrava de onde.

Levantou-se, mas não sem muita dificuldade. Mesma dificuldade que teve para andar naquele cômodo inusitado. O chão estava tomado por tapetes e tigelas, onde se encontrava uma variedade enorme de pequenas e grandes frutas engraçadas e coloridas, que competiam de igual para igual em originalidade e beleza com as dezenas de flores e plantas, grãos e pães, raízes e sementes que ornavam o chão.

Havia também muitas pedras com cores e transparências tão lindas, que só podiam ser preciosas. Tudo o deixava maravilhado, mas muito intrigado. Por hora, decidiu voltar sua atenção aos seus músculos e ossos que pareciam reclamar de estarem sendo solicitados. E à sua barriga.

Conseguiu chegar até um cômodo com vasos cheios de água e óleos. Toalhas brancas e pequenas e grandes cestas com essências e folhas que aromatizavam o espaço e inebriavam o ambiente, exalando um cheiro que ele sabia que era muito bom, mas ainda era incapaz de reconhecer.

Havia um buraco no chão, com um vaso encaixado, que ele logo concluiu ser o alvo de sua procura. Então sentou-se para se aliviar. Enquanto estava lá, sentado, viu alguns utensílios em cima de uma pequena mesa. Pareciam antigos. Pegou um deles, definitivamente um espelho. Qual não foi sua surpresa: ao olhar-se no espelho, não reconheceu de imediato a figura refletida. Deu-se conta de que estava muito mais velho. Aquilo o assustou. Pegou uma das toalhas brancas, se limpou apressado e correu até a janela do quarto, que estava fechada.

Quando abriu a janela, quase caiu para trás. Do quarto conseguia ver uma cidade. Pessoas andando nas ruas, a grande maioria vestida de branco, fazendo seus afazeres, que lhe pareciam demasiadamente simples e rústicos. Alguns produziam ferramentas, outros faziam e carregavam telhas e vasos. Em alguns lugares cozinhavam. Em fontes naturais de água, lavavam as roupas e louças.

Tinha a impressão de que já vira toda aquela cidade antes. Grandes colunas brancas, nas construções que lembravam

templos. Tudo muito limpo e organizado. Quando se dispôs a entender o que de fato acontecera com ele, algo lhe chamou a atenção. Bem no meio da cidade havia uma estátua gigantesca deitada. Muitos param e tocam seus pés. Outros deixam flores, frutos e oferendas, como no chão do cômodo onde acordou. Quando finalmente olhou para o rosto da estátua, reagiu incrédulo. Olhou de novo o espelho que ainda estava em suas mãos. Não tinha mais dúvida. Era uma estátua dele.

capítulo 7.

A RESSURREIÇÃO

Da parte alta da Ágora, Sócrates fala à plateia. Do seu lado direito temos Aristóteles e do esquerdo Platão. Platão está tranquilo, enquanto Aristóteles mais uma vez procura por seu filho no meio da multidão. Ele chama Pitágoras e pergunta-lhe se sabe onde está Romeu. Quando este vai responder, Romeu e Julieta chegam correndo e sentam-se, cada um perto de seus respectivos pais. Aristóteles dá um olhar de reprovação para o filho, que reage sem graça, enquanto Julieta manda um beijo para Platão, que apenas sorri.

Sófocles que está por ali pergunta aos jovens: "Vocês sabem que o primeiro compromisso de um bom cidadão é comparecer às reuniões sobre os assuntos públicos da cidade, não?"

Romeu e Julieta se entreolham. Sófocles continua: "O amor de vocês desde criança é sincero e verdadeiro, isso ninguém pode negar. Mas nem mesmo o amor mais lindo deve ser maior do que o propósito de nossa existência enquanto cidadãos!"

"Eu achei que o amor fosse o propósito de nossa existência!", retruca uma ousada Julieta. Sófocles dá um pequeno sorriso. Heráclito, que também está por ali, sorri condescendente. Eles voltam a prestar atenção ao discurso de Sócrates.

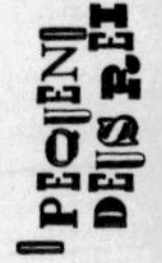

"Nós só somos necessários à vida se estivermos trabalhando. E nosso trabalho deve ser sempre em prol da continuidade e da melhora de nossas vidas. Aquele que não trabalha será duramente ceifado. Não apenas pela sociedade, mas pela natureza e seus caminhos silenciosos. Por isso sigo com o meu trabalho de perquirir a verdade, atento ao resultado prático das minhas ponderações. Pois a verdade não é algo que se impõe. Não é algo que se compreende meramente com o intelecto. A verdade é algo que já existe em nossos corações. E nossa missão é tão somente ouvi-la pulsar".

Aristóteles levanta e pergunta: "Meu caro Sócrates. Estariam as respostas sobre a verdade nas coincidências e no simbolismo entre as coisas da vida? Estaria a verdade das coisas da vida manifesta em nossos destinos? Na tragédia ou na sorte? Devemos temer a injustiça de uma morte sem merecê-la? Na verdade, está aqui a grande questão: no medo da morte. Queria muito acreditar, como acredita meu amigo Platão, que a morte é um mero recomeço. Mas, e se não for? Talvez viver seja a prática de adquirir conhecimento a ser acumulado pelas gerações. Até que, em algum tempo, seja possível para nós conhecer o que é a verdade por trás das coisas".

Platão também se levanta e diz: "É no conhecimento que encontramos a felicidade. E nisso concordamos, creio eu. Todavia, a verdade já existe. Ela está dentro de cada um de nós e não precisa ser conhecida, mas sim revelada. Conhecer é relembrar, meu caro amigo Aristóteles". Um burburinho começa nas arquibancadas.

Os embates filosóficos entre Aristóteles e Platão já eram conhecidos por todos. Era folclórica a disputa dos dois sobre a condição da existência da vida. Aristóteles achava que a vida era uma tábua rasa pronta para ser preenchida com experiências. Platão afirmava que tudo que existia vinha de um mundo de ideias perfeitas, e todo exercício era o de relembrá-las.

Mas suas diferenças filosóficas, que tanto entretinham aquele povo, nunca causaram rusgas. Eram, na verdade, grandes amigos e o relacionamento de seus filhos era a prova viva disso.

Cabia sempre a Sócrates finalizar as discussões. Ele só não imaginava que essa acabaria de um modo totalmente diferente. "Ao menos sabemos não saber se devemos ou não ter medo da morte. Se devemos ou não crer na vida após a vida. Pois, me parece que tal resposta nunca teremos. Ninguém que tenha morrido já se dispôs a voltar para nos dizer o que há por trás do mistério".

Sócrates fica esperando o burburinho que dessa vez não veio. Ele repara que todos olham fixamente para um ponto. Sócrates se vira e olha para a janela do quarto, que permanecera fechada desde a chegada inesperada daquele visitante intergaláctico. Ela está aberta com as cortinas esvoaçando, o que leva Sócrates a refletir e murmurar baixinho para si mesmo: "Pelo menos, até agora".

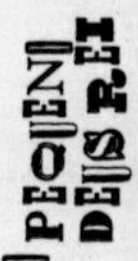

capítulo 8.

O DESPERTAR DE UM SONHO

Ele estava sentado na cama quando, de repente, ouviu batidas na porta. Assustou-se. As batidas se repetiram, agora acompanhadas de um movimento na estranha maçaneta. Pensou que poderia ter trancado a porta. Mas, quando olhou bem, reparou que as portas não tinham buracos para chaves. Achou estranho. Resolveu deitar e fingir que ainda estava dormindo. Fechou os olhos e esperou. Mas não ouviu mais barulho algum. Ficou lá por algum tempo, fingindo-se de morto.

Só quando teve certeza de que haviam desistido de tentar abrir a porta foi que resolveu abrir os olhos. Quando abriu, outro susto! Seu quarto estava tomado de gente. Sócrates, Aristóteles, Platão, Mileto, Sófocles, Xenofonte e Pitágoras, entre outros, estavam à sua volta. De olhos abertos, olhando todos e sem ter ideia do que estava fazendo ali, resolveu permanecer em silêncio.

Sócrates foi o primeiro que se aproximou e fez contato. O mais estranho daquela situação é que, à medida que Sócrates ia falando, ele entendia. Era um tanto mais rebuscada e talvez um pouco formal, mas certamente era uma língua familiar. Talvez o tempo que passara dormindo tivesse sido suficiente para seu cérebro aprender, enquanto ouvia. No entanto, apesar de entender e escutar, não se sentia seguro para falar.

Sócrates contou como ele chegara. A luz laranja e o brilho intenso. Ele escutava tudo, incrédulo, sem piscar ou mexer um único músculo. De repente um grupo de mulheres chega à porta do quarto. Entre elas está Julieta. Era ela. Ela que tomara conta dele esse tempo todo. Não era sonho. A criatura mais linda que já havia visto, em toda a sua longa breve vida, existia. E estava ali, na sua frente.

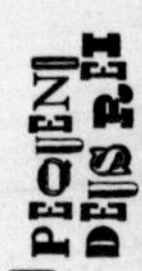

capítulo 9.

O AMOR POR JULIETA E ROMEU?

Acompanhada de algumas amigas, Julieta logo cruzou o olhar com aquele de quem durante tanto tempo havia tomado conta e a quem fizera companhia. Esse tempo juntos também fez nascer nela um carinho fraterno por seu paciente, que nunca soube direito se estava vivo ou morto, mesmo que estivesse respirando. Nunca ninguém havia passado tanto tempo dormindo. Vê-lo acordado despertou nela um sentimento de euforia incomum. Todo seu trabalho não tinha sido em vão.

Movida pela intimidade velada, Julieta se aproximou e, em uma atitude impensada, deu um abraço que aqueceu os corpos e tirou-lhe a razão, atitude logo contida pelas pessoas mais experientes que estavam no local. Recomposta após a reprimenda, deu o recado que tinha vindo dar: já estava tudo pronto para o início do jogo.

Sócrates explicou que, naquela sociedade, todas as formas de conflitos eram dirimidas através de um jogo. Eles acreditavam que aqueles que detêm a razão acabam por vencer, pois a natureza tinha uma justiça intrínseca à sua essência.

Naquele mundo era o consenso, e não o conflito, a força motriz do progresso. Resolver em um jogo os pequenos conflitos era a melhor forma de fazer vigorar a paz e a harmonia consensual, acima de qualquer querela mais imediata.

Julieta concluiu que, devido às atuais circunstâncias, não haveria mais jogo aquele dia. Sem graça, pediu licença e saiu apressada, na frente das amigas.

Então, ele pulou da cama e saiu correndo até alcançar Julieta. E os dois correram abraçados, em silêncio, seguidos por todos, em direção à Arena.

capítulo 10.

SOU O QUE SOU

Sentia algo de estranho no ar. Tudo estava muito quieto. Muito perfeito. Os pequenos barulhos pareciam ser feitos por bichos. Mas eram irreconhecíveis. A cidade estava vazia. Pela primeira vez andava naquelas ruas desconhecidas.

As casas eram diferentes, mas muito simples. Reviu algumas das flores de formas engraçadas e plantas que ele não soube reconhecer ao pé de sua cama. A água potável corria pelas ruas, por conta de um sistema de aquedutos sustentados por arcos de paralelepípedos feitos de uma pedra branca e macia. Parou para beber um pouco. Nunca havia tomado água mais deliciosa. Tudo era admirável.

Mas nada era mais admirável do que a beleza da jovem Julieta que, assim como os outros, já havia percebido a admiração daquele que veio do espaço por ela. Isso a deixava ao mesmo tempo lisonjeada e bastante preocupada, pois todos sabiam que seu coração e futuro estavam ligados a Romeu.

Enquanto subiam uma pequena pirambeira, percebeu que um zumbido estava se tornando cada vez mais alto e frequente. Quando atingiram o cume, ele olhou para baixo e entendeu o motivo da cidade vazia e do zumbido. Estão quase todos os habitantes sentados em uma arquibancada gigantesca, em frente a um campo onde dois times se preparavam para começar a partida.

Ao verem que ele finalmente havia acordado, todos silenciaram e o saudaram, com uma espécie de reverência. Em seguida começaram a bradar, em um crescente, duas palavras curtas que ele não conseguia entender.

Quando finalmente conseguiu identificar o que diziam, ele olhou incrédulo para aquela situação, pela última vez, sem ter uma identidade.

Era ele o Deus Rei, que veio do céu para reinar sobre aquela pequena civilização.

capítulo 11.

DIVINA INTERVENÇÃO

Agora Deus Rei, ainda se encontrava embasbacado com tudo que estava vendo. Ainda não conseguia lembrar de muitas coisas, mas de uma delas tinha certeza: aquele jogo ele conhecia.

No campo, os times se preparam para o início da partida. Os dois responsáveis pela pendenga que seria resolvida se aproximam do lugar reservado ao Conselho e se apresentam, um deles é Romeu. O caso que eles iriam dirimir era uma questão referente a Julieta. Romeu acusava seu adversário de tentar assediá-la pelas suas costas. Foi durante a fala de Romeu que o Deus Rei percebeu que sua fonte de admiração já estava comprometida.

Sócrates tira um artefato de uma pequena bolsa. Uma pequena esfera de metal achatada, cunhada com a figura do que se acreditava ser o planeta das ideias perfeitas. Romeu escolhe uma das faces do objeto. Imediatamente, Sócrates a joga para cima e, quando a pega, coloca nas mãos do Deus Rei.

Nesse momento Sócrates repara que as mãos do Deus Rei pareciam pequenas, como as mãos de uma criança. Ao reparar bem, Sócrates o viu por inteiro pequeno, como se realmente fosse um pouquinho menor do que todos. Ia julgar ser só impressão, quando o pequeno Deus Rei, tomado pelo ciúme, e sem mesmo olhar para aquele revelador objeto que estava em suas mãos, aponta a vitória para o adversário de Romeu, com uma indisfarçável raiva em seu olhar.

Romeu, por obrigação do jogo, tem que mudar de campo. Indiferente à decisão, passa por Julieta, que lhe dá um ramo de folhas. Ele retribui com um beijo. O gesto é aplaudido e celebrado por toda a arquibancada, que aplaude efusivamente para pleno desconforto do pequeno Deus Rei.

Começa a partida. Agora não tinha mais dúvida. Era futebol. *Flashes* dele jogando salpicavam sua mente, deixando-o ainda bastante confuso. Sua cabeça doía.

Os gols começam a sair. A torcida vibra a cada bom lance. A partida fica emocionante. O jogo chega a um empate. O pequeno Deus Rei passa a torcer descaradamente para o time do adversário de Romeu.

O tempo marcado em uma ampulheta gigante já se aproximava do fim, quando um dos defensores do time de Romeu pega a bola e lhe faz um longo e preciso lançamento. Romeu mata no peito e faz um golaço. Todos vibram, mas se calam imediatamente, quando o pequeno Deus Rei se levanta e grita: "Impedimento!".

Não estava sem razão. Romeu estava impedido. Apenas tal regra de impedimento não existia naquele jogo evoluído. Por que proibiriam os gols de acontecer?

Aquela primeira simbólica palavra proferida, também foi a primeira de muitas transformações que aquele terráqueo ainda iria fazer naquele planeta maravilhoso, durante seu longo e impactante reinado.

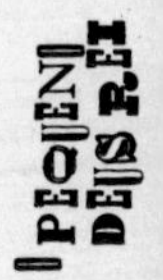

capítulo 12.

A TERRA SOBRE SUAS CABEÇAS

O pequeno Deus Rei já estava no meio de campo, falando pelos cotovelos. O jogo parou para todos ouvirem as explicações divinas.

Explanava seu conhecimento futebolístico de uma maneira tão absolutamente eufórica que era difícil não aceitar suas palavras como se fossem verdades. Como se todo aquele tempo que ficara calado tivesse criado uma bomba retórica.

Não que tivesse lembrado de tudo, pelo contrário. À medida que ia falando, ele mesmo se surpreendia. Ao fim da explicação do impedimento, passou a falar de outras coisas. Coisas que pareciam, aos ouvidos daqueles que o escutavam atentos, o desenho de um futuro próximo.

Depois que todos escutaram absortos parte da imensa gama de conhecimento transmitida por aquele que veio do espaço, uma pergunta ficou no ar; coube a Sócrates ter a coragem de fazê-la: "Mas, afinal, quem é você? E de onde você veio?"

Não foi por prudência que resolveu não falar quem era e como tinha ido parar ali. É verdade que o medo de perder seu *status* de divindade passou de forma inconveniente por sua cabeça. Mas a angústia de não saber o próprio nome não lhe permitia esconder o que ainda não tinha achado. Fez esforço para lembrar. Lembrou-se de tanta coisa, por que não lembrar quem era e de onde viera? Parou um tempo de falar, para tentar lembrar. Nesta pausa, olhou em volta e se deu conta de que estava anoitecendo.

Quando tentou falar, algo travou sua voz. Gaguejando, deu a impressão de que perderia a fala. Todos se preocuparam. Ele então apontou para o céu, que aos poucos se azulava: "Eu vim... de lá!", disse perplexo, apontando para uma bola azul imensa que despertava gigante por trás de uma montanha daquele pequeno planeta.

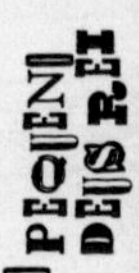

capítulo 13.

A META É CONSTRUIR UM FOGUETE

Sim. Era a Terra! Ele vinha de lá! E agora estava ali, tão pertinho que parecia que, esticando o braço, seria capaz de tocá-la. Naquele momento, uma chama de esperança acendeu em sua alma. Não por ter lembrado de onde vinha. Mas, se a Terra estava tão perto, talvez não fosse impossível seu retorno para casa. Ainda mais que sua informação de que ele viera da Terra deixou todos naquele pequeno planeta em polvorosa.

A Terra era o lugar das ideias perfeitas, que tanto apregoava Platão. Era uma espécie de paraíso cultuado por aquele povo. Ao ver seu planeta tão de perto, a ideia do regresso passaria a habitar a maioria dos seus pensamentos. A maioria, mas não todos. Sempre que cruzava seu olhar com a jovem Julieta, pensava que talvez pudesse ficar por lá pelo resto de seus dias e com ela constituir uma família.

O jovem Romeu percebeu o interesse do pequeno Deus Rei por sua predestinada, mas estranhamente não temeu. Para Romeu, sua devoção ao amor de Julieta era um Deus maior. Portanto, enquanto acreditasse em seu amor, nada seria capaz de abalá-lo.

Foi essa confiança desferida pelo olhar de Romeu que fez o pequeno Deus Rei escolher tentar voltar para casa, ao invés de disputar com Romeu o amor de Julieta.

Tomado de esperança pela presença marcante da Terra no céu, proferiu um célebre discurso: "Sim! A Terra é o paraíso! E eu vim aqui dizer que a missão de vocês é construir um foguete que seja capaz de nos levar até lá! Este planeta é só uma passagem. Nossa missão é ir para a Terra!".

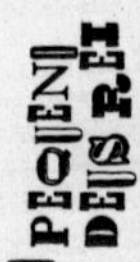

capítulo 14.

A PRIMEIRA HIBERNAÇÃO.

"O que necessariamente vem a ser um foguete?", questiona Platão. O pequeno Deus Rei responde: "Algo que contenha um motor!" Aristóteles estranha e insiste na dúvida de Platão: "Tudo contém um motor. Se se move, há motor. O movimento é vida e vida é movimento".

O pequeno Deus Rei tenta explicar melhor: "O motor é algo movido a gasolina". Indaga Platão: "Essa senhora, quem é?". "É um combustível! É o que faz o motor andar!", responde o pequeno Deus Rei.

"Sim!", exclama Sócrates. "Aqui nós chamamos de sangue! Pois não é o sangue que faz o nosso motor coração se movimentar?"

O pequeno Deus Rei perde um pouco a paciência e bate com o pé no chão: "Não é sangue! É algo que está aqui embaixo. Dentro do planeta. Nós furamos o planeta e a gasolina está lá embaixo!".

"Então é o sangue do planeta! Mas, se furarmos o planeta para retirar seu sangue, não iremos matá-lo?", questiona Sócrates. "Não, nós fazemos isso na Terra", responde o pequeno Deus

Rei. "E não a estão matando?", insiste o sábio. O pequeno Deus Rei grita: "Claro que não! Vocês não sabem de nada!".

Silêncio. A reação deselegante despertou em Sócrates uma dúvida sobre a postura da divindade. Sabiamente, preferiu calar-se e, disfarçando, perguntou: "Talvez possamos fazer esse tal foguete se mover com outro material, acha possível?".

O pequeno Deus Rei encara Sócrates por um tempo. Algo no olhar daquele sábio o faz perceber que talvez tenha se excedido. Então ele responde em um tom mais ameno: "É possível que sim! Mas para isso preciso saber tudo sobre este planeta".

E aquela conversa se pacificou. O pequeno Deus ficou particularmente interessado na ideia que eles tinham de que seu planeta era plano. Explicou que os planetas são redondos e que deveria ter sim alguma coisa no lado de lá. Ele os ajudaria a descobrir. Para tanto, contou tudo de que conseguia lembrar sobre tecnologia e economia, arquitetura e ciência, sobre leis e governo, medicina e justiça, biologia e química, entre tantas outras coisas.

De repente percebeu que havia naquele planeta uma diferença fundamental que seria obrigado a entender e com a qual teria de aprender a conviver: o sentido de tempo.

O tempo corria de forma absolutamente diferente. Tudo parecia mais rápido. Mas tudo ficaria mais claro quando voltasse a dormir. E foi o que fez. Após encarar um farto banquete de frutas, legumes, grãos, flores, verduras, raízes e folhas, pediu licença para se retirar.

Ao final da conversa, o pequeno Deus Rei pediu licença e se recolheu aos seus aposentos, para dormir o sono dos justos.

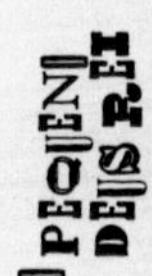

capítulo 15.

SINAL DOS TEMPOS

O pequeno Deus Rei acordou dando aquela espreguiçada como se não dormisse tão bem há anos! Acordou com aquela sensação de ter tido um sonho bom. Muito louco, mas bom... Só não conseguia lembrar-se do sonho. Aliás, ainda não conseguia lembrar-se de muita coisa sobre si mesmo. E, quando esse vazio tomou conta de sua mente, ele se sobressaltou, olhou em volta e tentou se localizar.

Abriu a cortina do quarto para se situar. Alguma coisa estava errada. A cidade tinha mudado bastante. Aquela coloração branca das casas e colorida dos jardins tinham dado lugar a um cinza meio insolente e um marrom acomodado.

As casas bonitas deram lugar a casas geminadas mais escuras e mal modeladas. Grandes fábricas despontaram com suas chaminés que soltavam fumaça e escureciam o céu.

Ele compreendeu que enquanto dormia, envelhecia, e a cidade evoluía, dia após dia, numa rapidez incomum e extraordinária.

Desta vez teve medo de se olhar no espelho.

Todavia, seu receio deu lugar a um sentimento de excitação, quando viu sua estátua, agora de pé, no meio da cidade.

Subitamente, lembrou-se que era o pequeno Deus Rei daquele povo. O orgulho dessa lembrança fez com que nem reparasse na abusada espécie de requintados pássaros que pousavam e defecavam em cima da cabeça de sua estátua.

Uma excitação eletrizou seu corpo. Deu uma gargalhada daquelas típicas de quem deseja dominar o mundo. Definitivamente, ele acordara estranho.

capítulo 16.

A FILOSOFIA DA DESCONFIANÇA

A cortina aberta era o sinal que todos esperavam. Logo seu quarto seria invadido por Sócrates, Platão, Aristóteles e Pitágoras, Heráclito e Sófocles, dentre mais alguns. Quando essa turma de notáveis adentrou seu quarto, via-se claramente que alguns estavam eufóricos, mas que outros agiam de forma mais precavida e desconfiada.

Realmente, depois que todo aquele conhecimento foi passado, a pequena cidade experimentara um progresso exorbitante. Passando a jato do antigo regime para uma revolução industrial.

Platão, que a princípio tinha ficado ao lado do pequeno Deus Rei, por conta da semelhança de sua filosofia com o discurso de que a Terra era o paraíso, lar das ideias perfeitas, foi o primeiro a manifestar sua preocupação sobre a direção para a qual a sociedade caminhava. Sócrates se unia a ele em sua preocupação. Há tempos já duvidava, em seu íntimo, da própria divindade daquele que caíra do espaço.

Platão conseguiu expressar com clareza a origem de sua angústia para todos que estavam ali. Acontece que o povo, que outrora valorizava a contemplação, as coisas simples e a natureza, que evoluía através da especulação filosófica, da teoria para a prática, agora passara a ignorar e inverter seus principais valores. Passou a valorizar uma razão instrumental. Da prática para a teoria. A subjetividade vinha sendo afogada. Muitos passaram a se preocupar apenas com o próprio bem-estar. Mesmo as famosas discussões políticas na Ágora, outrora imperdíveis, agora atraíam poucas pessoas.

Até o jogo que tanto amava, havia perdido sua mística.

Se antes servia para dirimir de forma justa os conflitos, depois do advento do impedimento, havia se tornado um lugar de exploração econômica, com constantes suspeições dos resultados e confusões, dentro e fora do campo.

capítulo 17.

O SONHO POR UM HERDEIRO

Aquela reunião estava sendo bastante dura para o pequeno Deus Rei. A princípio, ouviu calado a todos, tanto os que comemoravam eufóricos as transformações sociais, quanto os que traziam seus sentimentos de preocupação e desconfiança.

Sócrates passou a fazer críticas ainda mais severas. Afirmou, sem medo, que um povo não pode deixar de exaltar as pequenas qualidades e virtudes. Que o cheiro, as cores, os sentimentos, o afeto... não podem perder seus significados.

Sófocles, com cautela, atentou para outro fato importante. Havia surgido algo que nunca existira antes. Doenças. Não queria dar a impressão de que vieram com o pequeno Deus Rei. Para ele, as doenças surgiram após acatarem a sugestão divina de prender os animais em cativeiros. Tirar a liberdade dos animais havia se convertido em uma espécie de carma. Ou apenas pela questão higiênica mesmo. Não tinha certeza, mas acreditava que as doenças vinham dali. Certo mesmo foi que o pequeno Deus Rei não gostou nada de ouvir aquelas colocações.

Pitágoras também tinha uma questão: a mentira. Conforme sugerido, implantaram um Direito Penal que, ao ser ditado pelo pequeno Deus Rei com as leis que lembrava da Terra, não levou em conta hábitos e costumes. Ao serem reprimidas e presas, as pessoas se sentiam injustiçadas e, com isso, começaram a adquirir o estranho hábito de não falar a verdade.

O pequeno Deus Rei procurou manter a calma. Mas a raiva começara a crescer em seu íntimo. Se era Deus e Rei, como podia ser questionado? Então explodiu! Baixou alguns decretos, aumentando a repressão e as prisões, na intenção de resolver o problema da mentira.

Quanto às doenças, tomara uma decisão que já estava em sua cabeça há algum tempo: ia lançar uma expedição até a parte desconhecida do planeta. Descobrir novas terras, uma nova natureza e seus compostos naturais, que serviriam de base para a fabricação de remédios.

Tinha a completa certeza de que todo um mundo novo iria surgir daquela expedição. Sabia que o planeta não era plano e que uma nova parte dele seria descoberto.

E, se nada houvesse, o máximo que aconteceria seria a expedição voltar pelo outro lado. Ordenou a construção de barcos maiores e mais resistentes. Já havia meios de se chegar lá, faltava apenas a coragem. Embora por muito pouco tempo.

Quanto ao desconforto de Sócrates, ele não tinha certeza se entendera direito. Então mandou Sócrates parar de ficar falando aquelas coisas por aí, e o fez de maneira seca e grosseira porque lembrara de que não precisava pedir e sim mandar. Certo é que Sócrates não gostou nada da maneira nova como o pequeno Deus Rei se expressava. E certamente iria se posicionar, se o quarto não houvesse sido subitamente invadido por Julieta e suas amigas.

Daí em diante nada mais importava ao pequeno Deus Rei. A beleza da jovem sempre lhe roubava os pensamentos. Mas, dessa vez, um único pensamento roubou-lhe o juízo. Queria

Julieta para si. Queria casar-se com ela e deixar um herdeiro para continuar seu reinado. Quando ia anunciar sua decisão, dela ouviu: "Que bom que acordou! Estão todos esperando. A festa vai ficar mais bonita com você."

Ele então, embevecido, indagou: "Que festa?" .

"Meu casamento com Romeu", respondeu uma alegre e constrangida Julieta.

capítulo 18.

A CONDENAÇÃO DE SÓCRATES

Na cara do pequeno Deus Rei era possível ver todas as cores de uma decepção. Aquela notícia lancinante atravessou como faca o seu amor contido, cuja vazão já não conseguia disfarçar ou esconder. Toda a sua parcimônia foi substituída, de súbito, por uma cólera nunca vista. Mas ele não gritou nem esbravejou.

O pequeno Deus Rei iria fazer o que se espera de qualquer ser que se ache revestido de um poder divino. Ele não iria mais apenas mandar. Iria ordenar! E ordenou. Havia um plano divino que deveria ser posto em prática. Comunicou a todos que pretendia deixar um descendente naquele pequeno planeta e foi se preparar para ir à festa. Sim! Haveria uma tremenda festa de casamento. Apenas seria preciso fazer uma pequena mudança: o noivo.

Ao ouvir isso, Julieta perdeu o chão e saiu correndo da sala. Platão foi atrás, garantindo que falaria com ela. Todos na sala não sabiam como reagir. Aristóteles foi o primeiro a se preocupar, pois conhecia bem seu filho. Romeu nunca iria aceitar o fardo de ter que renunciar ao amor da sua vida. Mas preferiu ficar calado e obedecer aos desígnios divinos.

Sócrates, que já estava com o pequeno Deus Rei e sua sabedoria questionável atravessados na garganta, levantou a questão sobre a justiça de tal situação. E, de forma cada vez mais convicta e acintosa, foi questionando o pequeno Deus Rei até o ponto de lhe roubar as falas. Foi a pior coisa que deveria ter feito, pois agora conseguira ficar diante de alguém perverso, que o olhava com olhos de um ódio nunca visto ali naquele planeta! E, ao perceber que o desafio dialético nunca iria cessar, determinou que Aristóteles, que era o chefe da guarda, prendesse Sócrates.

Sócrates não se fez de rogado: "Prender a mim? Impossível. Meu espírito é livre. Mesmo acuado no cárcere, entre quatro paredes, ainda serei livre. Terá que me matar se quiser ver o fim da minha liberdade de pensar e agir".

Aquele olhar de ódio se acendeu de forma ainda mais soturna: "Que seja feita a sua vontade".

capítulo 19.

O AMOR É A LEI

O silêncio habitual da floresta havia sido quebrado pelos passos largos daquele casal em fuga. Quando soube da intenção do pequeno Deus Rei de se casar com sua amada, Romeu rebelou-se de tal forma que nem mesmo seu pai, Aristóteles, uma das figuras mais próximas do novo mandatário, fora capaz de acalmá-lo.

Nenhum argumento sobre a divindade do rei oriundo da Terra foi capaz de dissuadi-lo. O lugar sagrado do amor deles era maior. Um amor que os acompanhava desde a tenra infância. O plano do casal era nada menos do que se lançar ao mar em busca do prometido mundo novo para além das bordas do oceano. Os grandes barcos estavam prontos e Romeu já vinha sendo treinado para ser um capitão na futura jornada. Para ele, estava apenas zarpando mais cedo. Mas para a maioria, aquela seria uma viagem suicida.

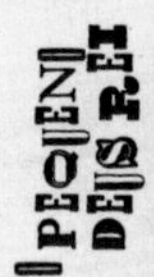

capítulo 20.

RUMO AO DESCONHECIDO

Mesmo com as recentes desconfianças, nem tudo em seu reinado parecia errado. Ter ensinado aquele povo a construir barcos melhores e maiores e encorajado novas aventuras, acabou criando um ânimo nunca antes experimentado. Como se fosse revelado um propósito novo para a condição de existência.

Muitos acreditavam nas lendas sobre incríveis monstros marinhos no caminho que levava à beira do planeta e desembocava no universo. O medo de cair e se perder no espaço era uma fantasia que habitava a mente e o coração de todos.

O mérito de encorajar os cidadãos a enfrentarem seus medos, partindo do princípio de que aquele planeta não era uma bandeja plana apoiada em pilares flutuantes no espaço e sim uma bola, foi fundamental para o desenvolvimento econômico, social e espiritual daquela civilização.

Nem todo senso comum trazido da Terra pelo pequeno Deus Rei teve consequências desastrosas. Ele não era um homem mau. Não se havia tornado um tirano, um déspota. Pelo contrário, entendeu que o decreto que determinava o seu casamento com Julieta tinha sido um ato autoritário e se arrependeu profundamente. Em especial, frente à possível morte de seu amor. Mas sabia como consertar. E iria fazê-lo. Mandou preparar os grandes barcos. Iriam partir imediatamente.

Quanto à prisão de Sócrates, estava convicto de que havia sido desejo do próprio Sócrates ser preso e condenado à morte. Mas, já havia dissolvido sua raiva e deixou uma ordem expressa a Aristóteles de libertá-lo, assim que revisse sua posição.

Certo de que deixou tudo justo e arrumado, lançou-se ao mar com sua esquadra rumo ao desconhecido, atrás de Romeu e Julieta.

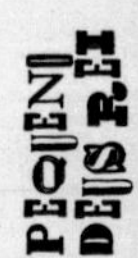

capítulo 21.

ESPERANÇA À VISTA!

O mar era uma vastidão enorme. Imensa. A falta de certeza de se chegar a algum lugar e o fim das provisões não levaram o casal a questionar sua decisão. Na verdade, quando se lançaram ao mar, tinham, muito claro, algo em sua cabeça. Era preferível morrer a renunciar ao amor que existia entre eles. Já estavam preparados para o fim trágico.

Conformados, magros e com fome, deitaram-se sob o sol escaldante apenas esperando a morte que se avizinhava. De mãos dadas, com um frágil sorriso no rosto, deram o último beijo antes de desmaiarem.

Não viram quando os grandes barcos se aproximaram.

Ainda não seria daquela vez que Romeu e Julieta se entregariam à morte para defender o direito natural ao amor.

capítulo 22.

O DÉJÀ VU DE JULIETA

Julieta foi a primeira a recobrar a consciência. Abriu os olhos e uma cena estranha encheu sua vida de alegria. Ela, que durante tanto tempo, tomou conta do pequeno Deus Rei, agora o via ao pé de sua cama. Não sentiu raiva pelo decreto passado, mas uma repentina gratidão. Logo lembrou de Romeu e tentou se levantar. O pequeno Deus Rei a acalmou. Ela não precisava se preocupar. Ele estava sendo cuidado. E estava bem.

Quem não estava nada bem era o próprio pequeno Deus Rei. Estava chorando. Julieta passou a mão em seu rosto. Ele segurou sua mão e pediu desculpas. Disse que havia desistido da ideia de tê-la como esposa. Reconheceu sua atitude errada e prometeu redimir-se de seu egoísmo. Mas não sem também dizer que a amava.

O abraço emocionado dos dois foi interrompido por uma imensa confusão e gritaria que ecoava do convés. Julieta logo temeu pela vida de Romeu, enquanto o pequeno Deus Rei pensou nas criaturas cujas lendas tanto atemorizavam o seu fiel grupo de marinheiros.

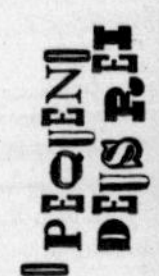

Mas os dois estavam absolutamente enganados. E, com um pouco mais de atenção, ouviram o berro, a plenos pulmões, que saía da garganta do vigilante de prontidão na gávea: "Terra à vista!"

capítulo 23.

O Paraíso dos Aborígenes

Todos que embarcaram com o pequeno Deus Rei naquela arriscada jornada imediatamente se sentiram recompensados. Na verdade, mal puderam crer no que viam seus olhos. Não havia monstros míticos no mar e nem a borda dos oceanos lançando o excesso das águas no espaço sideral.

O que viram foram praias paradisíacas com cachoeiras e cercadas por montanhas. Flores coloridas e vegetação totalmente diferente daquelas a que estavam acostumados. Milhares de bichos coloridos voando e produzindo uma sinfonia indecifrável de sons e mosaicos de cores.

Quando desembarcaram e começaram a explorar a ilha, viram frutos desconhecidos e animais inéditos, cada um mais específico e diferente do que o outro. Quando, de repente, saíram de trás das matas, espécies de seres que não se portavam como animais. Eram aborígenes parecidos com eles em suas atitudes, postura e feições, embora a pele fosse bem mais escura por conta do excesso de raios solares. Não os recepcionaram de maneira agressiva. Ao contrário, vieram carregando frutas e oferendas, visivelmente oferecendo amizade.

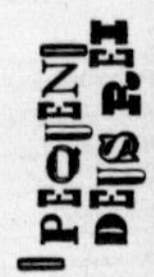

Os aborígenes definitivamente sabiam como agradar seus inesperados visitantes. Logo organizaram uma festa e a interação imediata proporcionou a todos um momento de júbilo e alegria pela comunhão inédita entre civilizações sem paralelo na história daquele planeta.

capítulo 24.

O DESEJO DA CARNE

Todos cantavam e dançavam. A interação entre os povos foi imediata e impressionante. Mesmo que um não entendesse a linguagem do outro, seus corpos vibravam juntos através da dança e da música que era tocada por instrumentos de sopro e percussão característicos daquela tão rica cultura.

A felicidade era contagiante, tanto que, em uma pequena reunião, outra interação inesperada acontecia. O pequeno Deus Rei conversava animadamente com Romeu, sob o olhar enternecido de uma Julieta emocionada.

Os dois perceberam que compartilhavam muito mais coisas do que apenas o amor por Julieta. O espírito aventureiro, a vontade de transformação e até uma certa rebeldia, típica da idade, encantavam o pequeno Deus Rei, que praticamente tivera sua juventude roubada pelo tempo que ficara em coma. Ele ainda era o mesmo jovem abduzido e jogado por engano naquele planeta, com dúvidas e carências que não puderam ser vividas por conta da estranha relação do seu corpo com o tempo que voava e o fazia envelhecer rapidamente quando e enquanto dormia.

Foi quando algo bem familiar interrompeu a intensa e animada conversa dos três. Um cheiro. Daquele cheiro o pequeno Deus Rei se lembrava bem. Ele e seu estômago. Guiado pela barriga, foi com seu séquito buscar a origem daquele instigante odor. A cena que viram espantou a todos. Espantosamente, não espantou o pequeno Deus Rei.

No meio de uma grande fogueira dois espetos enormes seguravam um animal que, ao ser assado, exalava aquele cheiro. Os aborígenes então retiraram um pedaço de sua caça e o ofereceram aos convidados. O pequeno Deus Rei aceitou e imediatamente devorou aquele pedaço de carne. Comeu de forma tão absorta que nem percebeu o olhar de incredulidade daqueles que nunca em sua vida haviam pensado na possibilidade de se comer uma criatura morta.

capítulo 25.

DEUS VAI À GUERRA

Antes que alguém pudesse formular algum juízo sobre aquela cena grotesca, a festa foi interrompida por um ataque surpresa de outra tribo aborígene, que vinha com cores e pinturas mais sombrias e menos apetrechos e penduricalhos atrelados ao corpo.

Não tinha como eles saberem, mas os aborígenes que os recepcionaram não eram os únicos habitantes por lá. Na verdade, havia algumas dezenas de tribos que viviam em pé de guerra.

Estava explicada a calorosa recepção: não era mera hospitalidade e sim uma forma de firmar uma aliança. Era a forma mais eficaz conhecida pelas tribos locais de evitarem os conflitos, que nem sempre eram evitáveis.

A felicidade da festa deu lugar a uma violência absolutamente desconhecida, que assustou a todos. O pequeno Deus Rei tomou as rédeas da situação e pediu que Romeu levasse as mulheres e os mais fracos de volta para o barco. Depois juntou os fortes e experientes para que lutassem ao lado de seus anfitriões, mesmo que nunca tivessem lutado em toda sua vida.

Romeu conseguiu levar todos para o barco em segurança, incluindo Julieta. Mas, ao tentar voltar para ajudar na luta, logo se viu cercado. Quando um aborígene levantou o tacape para matá-lo, o pequeno Deus Rei pulou em cima dele e agarrou seu pescoço, dando-lhe um mata-leão e salvando Romeu.

Após algum tempo de combate, a aliança entre os anfitriões e os recém-chegados triunfa. E eles põem a tribo rival para correr. Os que ficaram foram imobilizados e amarrados a algumas árvores.

Aquela invasão trouxe ao pequeno Deus Rei outra lembrança, que passaria a ser crucial para a sobrevivência deles naquele lado do planeta. Ele sabia lutar.

capítulo 26.

UMA ALIANÇA TRANSCENDENTE

O pequeno Deus Rei estava na praia, com a maioria de sua tripulação e um imenso grupo de aborígenes. Todos, ao seu comando, repetiam posições que ele acabara de ensinar. Catadas de pernas, chaves de braço e estrangulamentos.

Romeu tinha ido com Julieta e mais alguns marinheiros até o barco. Foram recolher alguns materiais, principalmente cortantes, que até então eram usados apenas na fabricação e manutenção dos navios, mas que agora seriam usados como armas.

O pequeno Deus Rei ficou muito irritado com o ataque que a tribo inimiga ousou fazer durante a festa de boas-vindas que lhe fora oferecida. Não ia ficar assim. Decidiu que iria se vingar, e para tanto resolveu que iria ficar ali e fundar sua própria cidade.

Quando Romeu e Julieta finalmente chegaram, logo quiseram se juntar à aula de defesa pessoal que estava sendo ministrada pelo pequeno Deus Rei. Ele rapidamente os impediu. Pediu para que esperassem. Quando acabou a aula, chamou Romeu e Julieta em um canto e lhes fez um pedido irrecusável.

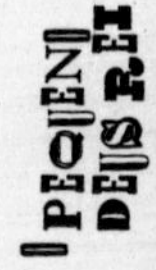

Como os dois já haviam sofrido tanto com a malfadada fuga e como nem Platão nem Aristóteles tinham sequer notícias de que estavam vivos, pediu que retornassem para casa com um pequeno grupo. Pediu para que levassem a novidade sobre a descoberta que fizeram, narrando tudo aquilo que encontraram e o que estavam vivendo. e que voltassem com reforços.

Mas não era tudo. Tinha algo muito especial que não saía de sua cabeça e que, no fundo, sem ainda saber muito o porquê, lhe causava uma dor desconfortante. Ou simplesmente remorso. Não sabia qual tinha sido o destino daquele com quem mais havia aprendido desde que acordara ali. Pediu para que levassem uma ordem sua. Queria Sócrates livre, independentemente de qualquer coisa.

Romeu quis ficar e lutar. Sabia que podia ajudar e queria uma chance de retribuir a quem acabara de salvar sua vida. Mas, quando o pequeno Deus Rei argumentou que ele não podia deixar Julieta viajar sozinha, se convenceu.

O barco partiria logo cedo. Depois de tantas emoções, ele sugeriu que todos fossem descansar em suas cabines.

Mas ele não descansou. Não podia arriscar dormir e hibernar. Havia um pequeno exército que dependia de sua liderança e uma guerra a ser vencida. Como a noite passava para ele em um piscar de olhos, enquanto todos dormiam, resolveu ir para a cabine e esperar.

capítulo 27.

REALIZANDO O DESEJO DIVINO

De sua rede, conseguia ver o céu, as estrelas e a Terra, que passava em cima de sua cabeça. Aquela sensação de algo tão perto e ao mesmo tempo tão longe sempre criava um fascínio e uma esperança de que um dia seria capaz de voltar.

Ele sentia que a resposta estava naquele lado do planeta, por isso, também resolvera ficar. Sabia que lá havia centenas de coisas novas a serem exploradas. De frutas a seivas, de pedras preciosas a plantas medicinais. Tudo que havia visto até então o levava a pensar em um mundo de possibilidades que apenas fora interrompido, quando um estranho ranger de porta rompeu o silêncio da cabine.

Ele se assustou. Estavam todos dormindo. Quem ousaria entrar em sua cabine àquela hora? Seu coração bateu de forma acelerada e intensa, como jamais tinha acontecido, e não parou nem quando descobriu que aquela visita misteriosa era a doce Julieta. Ao contrário, acelerou-se ainda mais. Sem muitas palavras, ela colocou a mão em sua boca, livrou-se de suas roupas e os dois deitaram na rede e viveram uma linda noite de amor.

capítulo 28.

A FORÇA DO FRUTO DE VOSSO VENTRE

O dia amanheceu com um colorido que nenhum dos habitantes da outra parte do planeta jamais tinha visto. Todos já estavam de pé e a postos, esperando o zarpar do barco que retornaria levando Romeu e Julieta. Todos, menos o pequeno Deus Rei e sua demora já causava constrangimento e preocupação. Havia o medo de ele ter adormecido e hibernado novamente.

Quando Romeu já se preparava para ir procurá-lo, um pequeno barco apareceu no horizonte. Foram alguns minutos de alívio. Todavia, ao descer na praia, o pequeno Deus Rei caminhou até eles de cabeça baixa. Chegou perto do grupo com uma fragilidade nunca vista em seus olhos. Quando esses finalmente se levantaram, evitavam a qualquer custo cruzar com os de Romeu. Aquela traição ainda ardia seu coração de vergonha. Mas, surpreendentemente, Romeu foi em sua direção. Com as duas mãos e de maneira carinhosa, levantou seu rosto e encarou profundamente o amigo. Foi o suficiente para ele cair no choro e se esconder em seus braços.

Vendo a incapacidade do seu pequeno Deus Rei amigo de exercer a função de liderança, Romeu levantou o braço e gritou: “Vamos zarpar!”. Todos comemoraram e começaram a embarcar.

O pequeno Deus Rei viu seu choro ser contido e escondido de maneira carinhosa por um abraço fraterno daquele que, em sua cabeça, deveria odiá-lo. Julieta se aproximou dos dois e os abraçou de forma materna e carinhosa. De novo, não foi preciso palavras. A cumplicidade entre os três e o mistério que os envolvia os tornou mais unidos e fortes.

capítulo 29.

A VOLTA

Ainda estava escuro, quando o vigilante na gávea avistou pela primeira vez o longo pedaço de terra firme tão aguardado por todos naquela embarcação. Não houve festa, não houve nada. A cidade ainda dormia. Apenas bem depois de atracarem que as luzes começaram a se acender nas casas.

Aqueles cujos parentes haviam embarcado naquela louca aventura correram às ruas, assim que avistaram a silhueta da grande embarcação ancorada no cais, e esfregaram os olhos, confirmando que não estavam sonhando.

Pouco a pouco, a tripulação foi desembarcando, encontrando e abraçando seus familiares.

Julieta, ao descer, olhou em volta e estranhou a ausência de seu pai. Aristóteles, no entanto, acordou rapidamente com o burburinho e logo estava com o filho, não tardando a dar-lhe um forte abraço para logo em seguida pedir explicações sobre a fuga intempestiva e a volta ainda mais surpreendente.

Romeu então subiu em um pequeno barril que lá estava e deu a notícia que todos imaginavam: havia mais planeta após a linha do horizonte! A viagem tinha sido um sucesso!

“Mas agora todos precisamos descansar! A viagem foi também deveras cansativa! De manhã, prometo, contarei a todos o que encontramos e passarei as novas diretrizes do governo, conforme o pequeno Deus Rei me ordenou fazer!”

Julieta subiu também no barril e pediu atenção. Havia uma ordem que não poderia esperar até o dia seguinte: Sócrates deveria ser solto imediatamente!

Aristóteles tomou a frente e encarou Julieta nos olhos: "Temo que isso não será mais possível..."

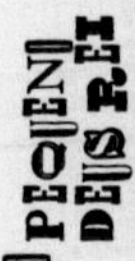

capítulo 30.

SÓCRATES, POR PLATÃO

Julieta entra em casa esbaforida, mas logo se contém. Debruçado sobre a mesa, entre centenas de anotações e desenhos, Platão dormia. Julieta o olhou com um olhar piedoso. Não sabia se devia acordá-lo para lhe trazer a boa notícia de sua volta, ou se o deixava dormir, para que o sono amenizasse a dor da triste notícia da morte de seu amigo.

Ela pegou algumas das anotações e reparou que ainda estavam molhadas com o que pareciam ser lagrimas: "A virtude só é alcançada com o conhecimento. Nosso comportamento é afetado pelo conhecimento. Não esse conhecimento voltado para a obtenção de prestígio ou riquezas, mas o autoconhecimento desperto e mantido em permanente vigília."

"A verdadeira divindade é o pensamento. É tão divino que só o fato de pensar e compreender transforma não só a você mesmo como também a matéria. A integridade moral pessoal é um dever nosso para com nós mesmos e não com uma divindade ou mesmo uma lei injusta ou qualquer autoridade imoral."

Aqueles aforismos a deixaram deveras preocupada. Certamente seu pai estava culpando o pequeno Deus Rei pela morte do amigo e, sem saber de seu paradeiro após a fuga, devia estar culpando-o por sua própria morte também.

Como queria acordar seu pai e livrá-lo da tormenta de tais dúvidas! Tomou a decisão de acordá-lo, mas um escrito um pouco maior lhe chamou a atenção. Ela o pegou e pôs-se a ler, acomodando-se em um canto por ali.

"Estão longe de julgar corretamente quando pensam que a morte é um grande mal. Minha energia ficará dentro de cada um de vocês e naqueles que ainda nem nasceram. Não é possível haver algum mal para um homem de bem, nem durante sua vida nem depois de morto. Eu estou dentro da minha pena e quem me aprisionou na dele. Vou sem medo, até o fim último de uma condenação. E não retiro nenhuma de minhas palavras. Eu vou para a morte que me liberta e quem me condenou estará pra sempre preso à uma vida de julgamentos. Quem vai ter a melhor sorte é um segredo que talvez aos vivos nunca será revelado. Porque morrer é uma dessas duas coisas: ou o morto não tem nenhuma existência, nenhuma consciência, portanto nada sente ou sofre, ou a morte é tão somente uma mudança de existência, uma migração de um lugar para outro. Se assim for, que sorte a minha conhecer tal lugar. Morro sem medo. Deixando como única verdade a certeza de que aquele que mantém firme sua integridade moral, nenhum mal duradouro jamais será capaz de alcançá-lo. E levo comigo um único aprendizado sobre a vida: que sei que nada sei sobre a vastidão do que podemos ainda saber."

Julieta levanta a cabeça, emocionada, e vê seu pai, que acordou e a olha com uma ternura indescritível. Ela vai até ele e os dois dão um abraço, emocionados.

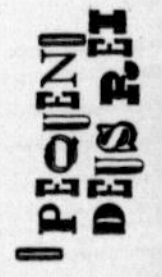

capítulo 31.

O COMEÇO DO FIM

A colônia de povoamento e exploração simultâneas que o pequeno Deus Rei resolveu implantar naquela parte do planeta era mesmo um tremendo sucesso. As tribos que viviam em guerra foram praticamente todas unificadas e pacificadas.

Os que não aceitaram a divindade do pequeno Deus Rei foram presos e colocados para trabalhar como escravos nas recentes construções, pirâmides feitas de pedra-pomes, bastante leves, fáceis de carregar, mas que se tornam pesadas com a força do tempo e o contato com a chuva.

Sistemas de água e agricultura foram implantados, bem como a criação e o abate dos animais. O consumo de carne se tornou natural. E os alimentos se tornaram acessíveis e abundantes.

Mas para o pequeno Deus Rei a maior conquista foi a da ciência. Ele montou para si um rebuscado laboratório, onde analisava com alguns cientistas, toda sorte de substâncias que os exploradores estavam descobrindo.

Uma delas iria se tornar crucial para o destino do pequeno Deus Rei e, mais à frente, dos aborígenes.

Preocupado com o futuro, o pequeno Deus Rei queria descobrir alguma maneira de interromper suas hibernações, que tanto o envelheciam.

Um dia, uma descoberta específica o animou. Havia uma planta cujo princípio ativo inibia o sono, acelerava os pensamentos e dava uma vontade de potência que podia mexer com a cabeça das pessoas.

Seus cientistas alertaram sobre os possíveis riscos do seu uso. Mas ele experimentou mesmo assim. Seu efeito foi imediato. E o pequeno Deus Rei saiu falando sozinho e correndo que nem um louco pela floresta.

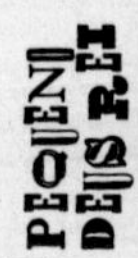

capítulo 32.

A CIDADE PARTIDA

Romeu e Julieta descobriram que muita coisa mudara durante o tempo que estiveram fora. Depois da morte de Sócrates, a cidade partiu. Foi dividida entre os que apoiavam Aristóteles, em sua crença cega na divindade do pequeno Deus Rei, e os que apoiavam Platão e a continuação do legado de Sócrates e seus questionamentos.

Mas não houve violência nessa cisão. Criou-se apenas um profundo desprezo de um lado pelo outro. E, por iniciativa de alguns moradores de ambos os lados, foi-se construindo um imenso fosso que separava a cidade. E todos foram procurando seus lugares nessa nova realidade.

Aristóteles havia tomado o controle temporário da cidade, pois tinha o apoio da maioria. Já os admiradores de Sócrates e amigos de Platão podiam não ser muitos mas agiam com suprema paixão e barulho.

Quando os cidadãos de um lado foram terminantemente proibidos de falar com os cidadãos do outro lado, Romeu e Julieta se viram no meio de uma situação incomum. Embora pensassem diferente de seus pais, estavam em lados opostos por conta das ideias deles.

Do lado direito da cidade, passou a vigorar o individualismo, a indiferença com o outro e com o que é público. A corrupção. Uma sociedade guiada pelo amor à liberdade, em detrimento da igualdade, criando uma casta de afortunados que enriquecem montados nas costas da grande maioria de trabalhadores miseráveis. E, do lado esquerdo, a sensação de superioridade de seus moradores levava a uma sede pela tomada de poder e a um certo viés autoritário, pedantismo e cabotinagem, gerando um grupo de excluídos e uma elite de privilegiados. Uma sociedade que prega uma igualdade inalcançável e que sacrifica liberdades na vã tentativa de chegar ao menos perto de seu ideal.

Romeu e Julieta não aceitaram a divisão. Sabiamente, para evitar o confronto direto com seus pais, decidiram que a melhor coisa a fazer era Romeu voltar ao Novo Mundo.

Julieta ficou com a incumbência de tentar convencer o seu pai de que o pequeno Deus Rei era um deus bom. Que havia salvado Romeu e se arrependido da prisão de Sócrates. E que ele deveria fazer as pazes com Aristóteles. Afinal, sempre foram melhores amigos.

Enquanto isso, Romeu organizava uma nova viagem, agora com barcos mais velozes e modernos. Partiu, então, com a promessa de trazer o pequeno Deus Rei de volta para unificar a cidade.

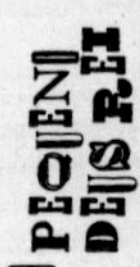

capítulo 33.

O SURTO.

Quando as grandes e novas embarcações capitaneadas por Romeu avistaram finalmente a costa, depararam com algo incrível e inesperado. Já havia uma cidade erigida na beira da praia. Pirâmides e construções também podiam ser avistadas no meio da floresta. Até um porto para a atracação dos barcos havia sido feito.

Ao atracarem, Romeu reparou em alguém que vinha correndo lá do outro lado da praia em sua direção. Era o pequeno Deus Rei, que, reagindo de forma eufórica ao ver o aprumar das embarcações, lançou-se numa carreira desenfreada, pois fazia questão de receber o amigo pessoalmente para lhe contar as novidades.

Romeu estranhou bastante o novo pequeno Deus Rei, pois ainda não sabia do consumo da droga que inibia o sono. Não conseguiu informar imediatamente sobre a cisão que rompeu ao meio a antiga cidade. Teve que escutar primeiro as centenas de descobertas, invenções e alquimias que os cientistas estavam realizando por lá.

O pequeno Deus Rei levou Romeu para conhecer o seu projeto mais importante. Haviam encontrado uma maneira de ele voltar para a Terra e já trabalhavam no projeto do foguete. Explicou que o foguete seria uma bola esférica impermeável, preenchida com oxigênio líquido e trazendo pinos com molas em seu exterior capazes de absorver o impacto da chegada. A nave seria lançada pela explosão de um vulcão, explosão essa que seria induzida por uma planta que ele cismou de chamar de hortelã. "A emulsão de hortelã será jogada no vulcão, assim que a Terra aparecer no céu. O foguete esférico será colocado na boca do vulcão que, ao explodir, o lançará em uma trajetória rumo ao nosso tão sonhado destino", explicava, atropelando as palavras.

Quando, finalmente, Romeu conseguiu contar sobre o destino de Sócrates, sua explosão de euforia deu lugar a um estado acentuado de profunda tristeza. Mesmo quando soube que como consequência houve uma divisão da cidade e um início de questionamento sobre sua divindade, não teve força para reagir.

Simplesmente abandonou o seu amigo perplexo na beira da praia, e foi se trancar no seu laboratório, deixando uma ordem expressa de que não queria ser incomodado por ninguém.

capítulo 34.

ONDE ESTÁ VOCÊ AGORA?

Já fazia algum tempo que a transformação do pequeno Deus Rei preocupava e assustava a todos naquela parte do planeta.

Desde que começou a usar aquela substância, até mesmo os aborígenes aliados começaram a ser vistos com desconfiança, por conta de um efeito colateral do seu uso excessivo: a paranóia.

Começaram a ser presos por decisões consideradas injustas e arbitrárias, e inconformados, organizaram protestos.

Com medo de uma revolta, o pequeno Deus Rei elaborou uma estratégia de controle social que considerou genial. Liberou a sua famosa substância que causou nos aborígenes uma trágica dependência.

Depois de incentivar o cultivo entre eles, criminalizou sua venda, sem dar maiores explicações.

Como a maioria dos aborígenes passaram a sustentar suas famílias através do cultivo e da venda daquela substância, muitos se revoltaram, e com isso o Pequeno Deus Rei passou a ter uma justifica legal para eliminar os aborígenes mais corajosos e revoltados que poderiam se tornar futuros líderes de alguma rebelião.

Nada daquelas histórias que Romeu escutara lembrava de longe o grande pequeno Deus Rei que lhe havia salvado a vida. Mas não era um sentimento de raiva ou decepção que pesava em seu coração, e sim uma percepção comiserada de que seu amigo precisava de sua ajuda. Que era dele a vida que agora corria perigo. Sentia então um desejo infrutífero de que sua Julieta estivesse ali, na certeza de que ela, sim, saberia o que fazer.

Romeu respeitou o quanto pôde. Até que finalmente resolveu ir ao laboratório do pequeno Deus Rei procurá-lo. Afinal, não seria a primeira vez que desrespeitava suas ordens e, quando o fez, seu ato foi reconhecido como correto pelo próprio pequeno Deus Rei.

Cônscio que o amigo precisava de ajuda, não haveria por que agora ser diferente.

Com esse pensamento em mente ele invadiu o laboratório. Chamou pelo pequeno Deus Rei, que não respondeu. Ele não estava lá e Romeu ficou ainda mais preocupado com a saúde mental do seu Deus amigo. O laboratório era um dos lugares mais sujos e bagunçados que ele já havia visto. E não era apenas uma força de expressão.

Definitivamente, o vício havia transformado o pequeno Deus Rei em um indigente físico e, possivelmente, moral.

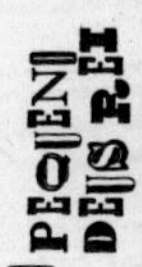

capítulo 35.

PREPARANDO O MILAGRE

Em uma das suas primeiras expedições pelas montanhas litorâneas do Novo Mundo, o pequeno Deus Rei avistou uma praia maravilhosa com uma peculiar característica: ondas de formação perfeita. Ficou encantado e fissurado. As ondas perfeitas o fizeram lembrar de um esporte que praticava com frequência na Terra.

Junto com os cientistas, tinha descoberto uma seiva que era retirada de uma determinada árvore. Uma espécie de resina. Era visto com frequência entrando em seu laboratório levando baldes daquela resina transparente que ele mesmo coletava.

A essa altura, já estava tentando largar o vício. Não era bobo, percebia que estava a caminho do fundo do poço. Por isso, veio a ideia de tentar retomar aquele bom e velho hábito do qual costumava lançar mão sempre que queria arejar a cabeça.

Numa noite em que a Terra estava mais azul no céu, ele finalmente construiu o tão almejado artefato. Enquanto todos dormiam, pôs-se a andar sozinho, na madrugada azulada, em direção ao seu futuro parque de diversões.

capítulo 36.

ANDANDO SOBRE AS ÁGUAS

Romeu reuniu alguns exploradores de confiança e só a eles relatou o sumiço do pequeno Deus Rei. A apreensão foi total. A busca foi demorada. Só teve fim quando alguns exploradores alcançaram o cume de uma montanha e começaram a gritar.

Romeu e os outros apressadamente foram ao seu encontro. Eles haviam encontrado o pequeno Deus Rei, embora parecessem não acreditar no que os seus olhos estavam vendo.

A mesma reação, entre a surpresa e o encantamento, arrebatou a todos naquele cume quando olharam para a praia. O pequeno Deus Rei havia feito uma linda prancha a partir de uma seiva transparente e estava surfando naquele mar clássico. Mas, lá em cima, para Romeu e os exploradores, a imagem era bastante clara: o que viram foi Deus andando sobre as águas.

No sossego do mar, o pequeno Deus Rei esqueceu da dose diária que o mantinha acordado. Pela primeira vez naquele planeta, estava de cabeça feita de pegar tanta onda boa. Não precisava de mais nada.

Surfou tanto que a prancha começou a derreter. Deixou-a no mar e nadou até a areia. Deitou extasiado na beira daquele mar azul-prateado. De tão embevecido que estava, acabou esquecendo da estranha relação que mantinha com o tempo naquele planeta e decidiu fechar os olhos por apenas alguns segundos. Mas não foi bem assim.

capítulo 37.

ANTES TARDE DO QUE NUNCA

O pequeno Deus Rei acordou sobressaltado. Demorou um tempo para entender o que estava acontecendo. Custou a entender que tinha sido transportado enquanto dormia de volta a parte antiga do planeta.

Quando recobrou totalmente a consciência, olhou pela janela e viu sua estátua suja e abandonada. Lembrou de ter sonhado com manifestantes tentando derrubá-la, puxando uma corda amarrada ao seu pescoço, e logo depois sendo espancados por outras pessoas vestindo uniformes. Concluiu que podia não ter sido um sonho, e que, de alguma maneira, havia sido levado de volta ao quarto onde tudo começou.

Tentou levantar, mas não conseguiu. Com extrema dificuldade, conseguiu enxergar uma de suas mãos. E, ao olhá-la, outro susto. Estava em pele e osso.

Subitamente caiu-lhe a ficha. Um sentimento de remorso, angústia e tristeza tomou a parte mais funda da sua alma. Ainda não conseguia explicar em palavras, mas sabia sentir o que lhe havia acontecido. Cometeu o maior erro de sua existência. Ficar forçosamente acordado, de maneira artifi-

cial, por meio daquela substância, fez com que sua hibernação fosse extremamente mais longa do que o normal. E prontamente veio a sua mente a lembrança de um conselho que lhe remetia à Terra: o uso daquela droga havia roubado parte de sua vida.

Ficou sabendo pela conversa dos conselheiros à sua volta que o planeta inteiro enfrentava uma onda de desastres como consequência da extração de petróleo. Sim! Eles haviam descoberto o chamado ouro negro. E a senhora gasolina tornou-se a principal fonte artificial de energia.

Ouviu que aquela parte do planeta passou a conhecer pela primeira vez o terror da violência social, consequência daquela estratégia de controle pela proibição de algumas substancias que passou a vigorar também por lá.

E que muitos acreditavam que a violência que estavam vivenciando estava relacionada organicamente com a violência praticada contra os animais para o consumo de sua carne.

Outra prática que foi incorporada aquela parte do planeta e que de início causou espanto a todos. Mas logo foi naturalizada.

Diziam que pequenas empresas sem escrúpulos cresceram e compraram outras, transformando-se em grandes corporações e conglomerados. Passaram a dominar os mercados e sufocar novas iniciativas, guiadas pela lógica amoral da maximização dos lucros e manutenção a qualquer preço dos consumidores. Essas corporações e conglomerados, por sua vez, passaram a pagar aos políticos – classe outrora considerada das mais nobres – para que esses deixassem as coisas públicas ficarem sucateadas. Elas então passaram a vender o serviço que era para ser de graça.

E tudo passou a ser cobrado duas vezes.

Pagavam impostos que deveriam ser usado em serviços que não funcionavam direito.

E pagavam a iniciativa privada quando precisavam daqueles serviços funcionando de forma desesperada.

Mesmo a famosa democracia foi sendo substituída por uma plutocracia representativa, criando no cidadão comum a ilusão de ser dono do seu próprio destino ao votar. Mas quem mandava mesmo era a força do capital financeiro que financiavam as campanhas dos políticos corruptos.

E os cidadãos, outrora unidos com o governo, passaram a fazer-lhe oposição. Passaram a viver cada vez mais isolados um dos outros e tornaram-se incapazes de sentir empatia e de manter relacionamentos duradouros. Por fim, enfrentaram uma pandemia generalizada de novas doenças, que estavam dizimando grande parte da população. Essas novas pandemias eram resultado direto e indireto das centenas de experiências científicas feitas nos laboratórios que fabricavam remédios para vender.

O pequeno Deus Rei escutou dos filósofos uma previsão que desenhava para o futuro científico a clonagem e mistura dos seres com máquinas. E como isso levava a um destino incerto, que mais assustava do que prometia progresso.

Mas nem tudo era má notícia. A visão do pequeno Deus Rei caminhando sobre as águas causou grande impacto aos espectadores. Restaurou-se um pouco da fé em sua divindade e Romeu tornou-se seu principal defensor. Assim, ele ainda tinha poder e autoridade para consertar as coisas. Apenas um pequeno fato o impedia: estava preso, imóvel e incomunicável em um corpo totalmente deteriorado e inútil.

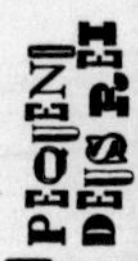

capítulo 38.

TRANCADO POR DENTRO

À beira da morte, o pequeno Deus Rei lembrou da sua história. Lembrou até de toda sua vida na Terra. Não haveria maior pena.

Angustiado, tentava falar que os terráqueos provavelmente tentariam colonizar e dominar seu pequeno planeta. Roubar-lhes os recursos. Sugar-lhes o petróleo. Queria avisar sobre o risco que iriam correr caso tivessem sucesso em sua viagem interplanetária.

Queria gritar que não era Deus e sim um terráqueo comum. E que eles deveriam voltar a viver como viviam antes.

Mas não conseguia.

A última coisa que vira foi uma discussão acalorada entre Platão e Aristóteles. Os dois amigos simplesmente passaram a discordar tanto um do outro que o diálogo e a convivência tornaram-se impossíveis. Mas foram obrigados a se reencontrar à beira de sua morte.

Não entendia o que falavam, mas três frases martelavam infindavelmente em sua cabeça: "A experiência também não pode vir da contemplação?" "E a contemplação não nos faz adquirir experiência?" "Não seriam as duas coisas faces de uma mesma moeda?".

"Não seriam as duas coisas faces de uma mesma moeda?" tentava gritar desesperado o pequeno Deus Rei, inerte naquela cama.

Mas tudo que saía era um desconfortante grunhido.

Lembrou-se de Sócrates e seu caminho do meio. A síntese do pensamento é alcançada por um processo dialético. O processo dialético é a origem da nossa realidade. Precisamos recorrer ao mundo das ideias para reorganizar o lugar que o senso comum tomou para si. E precisamos da experiência para evoluir e saber colocar o bom senso em seu devido lugar.

Devemos ter vontade de tentar mudar e melhorar até o ser mais desprezível e violento. Pois todos nós somos resultados de experiências traumáticas e circunstâncias sociais alheias à nossa vontade. Não há certo ou errado absoluto. Apenas razões diferentes. Todos têm suas próprias razões.

A última coisa que pensou foi como teria sido importante ter feito em seu reinado uma administração da sociedade e do bem público que garantisse a todos o mínimo de igualdade nas condições e oportunidades. Mas ele não fez.

Foi Julieta que percebeu seu último suspiro. Ela correu, pegou sua mão pela última vez e pôs em sua barriga. Não deu nem tempo de sorrir. Romeu a seguiu e ajoelhou ao pé da cama, vertendo algumas lágrimas pelos seus olhos de herói.

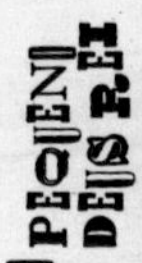

capítulo 39.

O INESCAPÁVEL DESTINO DE ROMEU E JULIETA

A morte fez com que a cisão descambasse para uma verdadeira convulsão social.

Platão foi acusado por Aristóteles de querer usurpar o poder.

Usando essa ameaça como argumento, Aristóteles se antecipou e deu um golpe, assumindo o governo e impondo um regime de repressão, censura e patrulhamento ideológico contra todos que ousassem ir contra a crença no pequeno Deus Rei.

E uma estranha lei, proibindo o ensino da Filosofia e da História nas escolas, foi criada.

O novo governante iniciou uma campanha difamatória contra Platão e o culto a Sócrates; para tanto, contratou Aristófanes e Pitágoras, que faziam peças de teatro e músicas, ridicularizando seus oponentes. Com essa arte paga, foi capaz de massificar suas ideias conservadoras, monopolizando os sucessos e moldando o senso comum de acordo com suas necessidades.

Foi Pitágoras que, através dos sons extraídos das cordas esticadas, criou o primeiro instrumento musical e, por conseguinte, a música!

Com poderosa invenção, convence uma grande parte da população a ficar do lado de Aristóteles. Não são poucos os que passam a se acostumar a entoar os cânticos e louvores criados por ele em favor do pequeno Deus Rei e sobre a esperada jornada rumo ao "paraíso" da Terra.

Do lado da resistência, Sófocles e Heráclito se tornaram, gratuitamente, os principais defensores de Platão. Com peças alternativas, espetáculos de dança e poesia como armas, defendiam o futuro progressista que uma pequena parte dos habitantes, dotada de bom senso, sonhava em um dia conseguir.

Sófocles era um artista que nunca respeitou poder constituído algum. Nem teceu loas a nenhuma divindade. Para ele, a arte é tão livre quanto deve ser livre o pensamento. Sem uma arte livre, temos um povo incapaz de fazer autocrítica. Ele fazia peças de teatro eivadas de críticas ao pequeno Deus Rei, despertando a fúria de Aristóteles.

Heráclito, por sua vez, ficou com a mais nobre incumbência: tentar unir de novo Aristóteles e Platão e, por conseguinte, todo o planeta partido. Para Heráclito, tudo é uma reunião de opostos ou, pelo menos, de tendências opostas. Isso significa que a luta e a contradição não devem ser evitadas, mas sim unidas, pois elas se juntaram para poder formar o mundo.

As contradições devem ser superadas e tal superação dará ensejo a novas contradições, como o processo dialético do seu falecido amigo Sócrates. A síntese é uma nova invenção. Uma nova centelha de conhecimento gerada da guerra entre a espada da tese e o escudo da antítese. O progresso é uma centelha que fagulha justamente do embate das ideias que se contradizem.

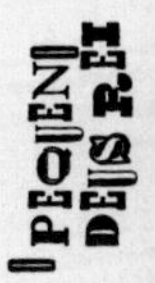

Mas nenhum argumento era capaz de promover tal encontro. Toda tentativa de Heráclito só servia para acirrar os ânimos e aumentar o sentimento de raiva e violência de ambas as partes.

Foi quando um fato obrigou o coração dos dois velhos sábios e antigos amigos a bater no mesmo ritmo acelerado: o desaparecimento de seus filhos. O segundo sumiço de Romeu e Julieta.

capítulo 40.

A AMIZADE DE ARISTÓTELES E PLATÃO

Platão puniu a filha por ter se encontrado com Romeu às escondidas. Eles brigaram de maneira mais ríspida, após Julieta tentar convencê-lo a parar com a briga. Por conta dessa situação, Platão resolveu se exilar em uma caverna e tocar a resistência de lá.

No íntimo, os dois pais já sabiam que proibir o amor dos filhos seria inútil. Se havia dúvidas quanto à divindade do pequeno Deus Rei, o mesmo não ocorria quanto ao amor de Romeu e Julieta.

Se havia um Deus que nunca deveria deixar de ter sido reverenciado, esse Deus era o Amor. O Deus de tudo é o Amor. E, quando o Amor quer, torna-se impossível frear sua materialidade.

Foi nesse contexto que, como uma sombra na parede da caverna, condoído com o sumiço de seu filho, Aristóteles apareceu para visitar Platão.

Aristóteles argumentou sobre a necessidade de se transformar a matéria em direção ao progresso. Expôs seu medo,

justificado pela crença de que somos seres temporais, passageiros e mortais. E assim também seria o próprio planeta.

Platão exigiu o direito de discordar de tal argumento da finitude dos seres e das coisas e indagou: "Vejo as mudanças materiais. Mas, e quanto às mudanças interiores, podemos dizer que foram para o bem? Ou vemos uma piora do caráter do nosso povo? Uma degradação das relações sociais? Os cidadãos de hoje parecem mais preocupados em acumular suas fortunas e tratam os que não conseguem com indiferença, sem solidariedade, como se invisíveis eles fossem".

E continuou: "Vivem seus prazeres e sua fortuna totalmente alheios à sorte daqueles que estão se tornando indigentes. Mas os que estão se tornando indigentes são aqueles que ainda mantêm a pureza de tão nobres sentimentos. São os que não foram acometidos pela sanha da competitividade. Aqueles cujo germe do conflito ainda não lhes roubou a alma".

"O conflito e a competição substituíram o consenso como força motriz da evolução por conta do sistema econômico vigente, que foi sugerido pelo pequeno Deus Rei. É preciso dar fim a este sistema econômico que fomenta um estado de guerra eterna. Que coloca o capital como sendo mais importante do que o social. Que joga uns contra os outros. Que vê o outro como inimigo e não como aliado, como fez com a gente. Sempre fomos amigos. É preciso voltarmos a ser, ou não sobreviveremos para contar essa história". E respirou, ao terminar o seu discurso apaixonado.

Apenas nesse momento Aristóteles olhou direito para o amigo de longa data. Viu que ele se tornara um mendigo. Tal cena, em comparação ao luxo e à imponência em que vivia, fez saltar uma dor lancinante do seu coração. E uma certeza arrebatou sua alma: o que sobrava para ele era o que faltava para o seu amigo ali, naquela caverna.

Baixou os olhos e, sem querer, uma lágrima furou seu manto duro e escorreu por seu rosto. Platão se aproximou do amigo e, com a mão em seu ombro, prosseguiu: "O Planeta e o Amor são os verdadeiros Deuses a quem devemos devoção. É do fogo que incendeia seu núcleo que emana a energia que nos mantém vivos e amando”.

“Vivemos com o propósito de manter a nossa saúde e a saúde do Planeta em que vivemos. Somos a expressão maior de sua Natureza. Somos a última forma que a Divindade Planeta conseguiu fazer em seu processo de auto reconhecimento”.

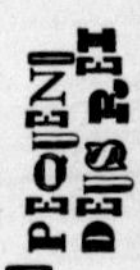

capítulo 41.

O INÍCIO, O FIM E O MEIO

Naquela noite, a Terra estava com um azul diferente no céu. Aristóteles e Platão seguiram juntos de volta para a cidade. Não se tratava de uma aliança casual para procurar seus filhos. Era um reencontro de almas. Iguais em sua genialidade. Opostas pela natureza das coisas.

Ver aqueles dois caminhando unidos pelas ruas encorajou outros que já não suportavam a idiotice da guerra. Saíram de suas casas, atravessaram o fosso e foram procurar os antigos amigos e familiares, excluídos por conta de suas escolhas ideológicas. Foram lhes pedir perdão.

Foi quando uma grande explosão fez o chão tremer. O vulcão serviu de propulsão para o foguete de esfera metálica, que tomou velocidade e partiu em direção ao destino um dia sonhado pelo pequeno Deus Rei.

Aristóteles e Platão, ao verem o foguete ganhar o céu em direção ao azul da Terra, entenderam que o plano dos dois de organizar uma busca por seus filhos surgira tarde demais. Pagaram o preço mais alto que poderiam pela falta de diálogo.

Olhando para cima, os dois sentaram-se no chão. Choraram juntos a dor e o orgulho pela coragem de seus filhos, que nunca desistiram de sempre ter esperança.

EPÍLOGO

Lembrei. Foi em um dia quente do Rio de Janeiro. Seis e meia da noite do horário de verão. Final do século XX. Foi este o exato momento em que essa estória tomou conta dos meus pensamentos.

Estava deitado em um quarto. Ao meu lado, uma loira. Deliciosa. Deitada ao contrário com a cara enfiada na televisão e a bunda enfiada na minha cara.

Ela assistia a um desses programas de televisão que transformaram a violência cotidiana em entretenimento e às vezes até em comédia. Apenas mais um desses tristes exemplos da tragédia que é nossa cultura contemporânea!

O repórter, de fala engraçada e trejeito marcante, diz, olhando para a câmera: "Muitos moradores afirmam que aviões e helicópteros do exército americano foram vistos sobrevoando essa região da Amazônia, e que esses aviões teriam abatido o que seria um disco voador. Um Óvni. Testemunhas contam que inclusive homens do exército teriam recolhido de dentro desse disco, dessa nave, desse foguete, dois corpos aparentemente humanos que estariam abraçados, sendo que um desses corpos seria de uma mulher que parecia estar grávida. Os corpos teriam sido levados pelos helicópteros americanos. Mas, o governo americano, no entanto, negou que tenha invadido o espaço aéreo brasileiro. É brincadeira? Segue com vocês aí no estúdio!"

A loira se vira para trás e diz: "Eu acho uma malvadeza, o povo vem lá de um outro planeta. Cheio de coisa pra contar... Querendo comunicar... A gente, em vez de receber eles bem... o quê que a gente faz? A gente vai e derruba um disco voador com um casal de ETs dentro... E uma ET grávida!!! É muita covardia. É muita sacanagem! Deixa os coitadinhos chegar de boa! Recebe eles... vai que eles têm uma estória boa pra contar... né não?"

Ela se vira para me olhar por cima de sua própria bunda.

Mas eu já estou dormindo.

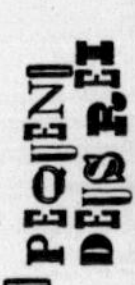

editoraletramento
editoraletramento.com.br
editoraletramento
company/grupoeditorialletramento
grupoletramento
contato@editoraletramento.com.br

editoracasadodireito.com
casadodireitoed
casadodireito